- 埃尔热 -

丁丁历险记

奥托卡王的权杖

eih bennek · eih blâvek

中国少年儿童新闻出版总社
中国少年儿童出版社
casterman

北 京

图书在版编目（ＣＩＰ）数据

奥托卡王的权杖／（比）埃尔热编绘；王炳东译
. -- 北京：中国少年儿童出版社，2009.12（2013.9 重印）
（丁丁历险记）
ISBN 978-7-5007-9458-5

Ⅰ.①奥… Ⅱ.①埃…②王… Ⅲ.①漫画：连环画
—作品—比利时—现代 Ⅳ.①J238.2

中国版本图书馆 CIP 数据核字（2009）第 199484 号

版权登记： 图字：01-2009-4001

Translated into Chinese by Mr.Wang Bingdong
The publishers are most grateful to Mr. Pierre Justo for his valuable help.

Artwork copyright©1947 by Editions Casterman, Belgium
Copyright©renewed 1975 by Editions Casterman, Belgium
Simplified Chinese text©2010 by Editions Casterman, Belgium
This edition is published in P.R.China by **China Children's Press &
Publication Group**

AOTUOKAWANG DE QUANZHANG

出 版 发 行：中国少年儿童新闻出版总社
中国少年儿童出版社
出 版 人：李学谦
执行出版人：赵恒峰

作 者：埃尔热		译 者：王炳东
责任编辑：李 华		中文排版：王海静
责任校对：韩 娟		责任印务：杨顺利

社 址：北京市朝阳区建国门外大街丙 12 号楼 邮政编码：100022
总 编 室：010-57526071 传 真：010-57526075
发 行 部：010-57526568
ｈｔｔｐ：//www. ccppg. com. cn
E-mail：zbs@ccppg. com. cn

印刷：北京盛通印刷股份有限公司

开本：720×950 1/16 印张：4
2009 年 12 月第 1 版 2013 年 9 月第 7 次印刷
印数：111001－136000 册

ISBN 978-7-5007-9458-5 定价：12.00 元

奥托卡王的权杖

我们到那个长椅子上坐一会儿。

哟,有人把公文包忘在这儿了……

附近并没有人呀?……

我打开看看怎么样?……也许可以找到失物主人的地址……

啊!有了!……"内斯托·哈朗毕克,滑翔街24号"。

离这儿就两步远,我这就给他送去……

别犯傻了,丁丁!……你不要忘了,你管别人的闲事可从来没有得到过好报。

滑翔街

哈朗毕克教授?……楼上3层,右手第一个门……

24

请进!

晚安，皮罗特夫人。请把所有的东西放在小桌子上，好吗？……

教授先生，我不是皮罗特夫人……我是来给你送公文包的。

什么？……

我的公文包？

嘘！有人刚进他屋里去了……

谢谢你好心把它给我送回来。要知道，包里有一份我今晚要在"国印协"大会上宣读的报告，我实在感激不尽。

"国印协"？

"国印协"就是国际印章学协会。

印……你说的是什么？

印章学……你没听说过吗？……这是一门研究印章的科学……它非常有意思，而且……我可以敬你一根烟吗？……

谢谢，我不抽烟……

印章学是令人着迷的一门学问。你看一眼我的收藏品，就会相信了……

？

噢！我的天哪！我很抱歉！……我有随地乱扔烟头的坏习惯！

这是我收藏的罕见珍品当中的一件，查理曼大帝的印章。这枚是路易九世的，旁边是威尼斯总督格拉德尼的印章……还有同样漂亮的一件珍品，就是这枚墨洛温王朝时代四雕戒指印章……

这枚印章尤其奇特，是我在布拉格偶然发现的。这是西尔达维亚国王奥托卡四世的印章……

哦？

这是我所发现的该国极为罕见的印章之一。但是肯定还有其他没被发现的。我很快就要到西尔达维亚去，实地研究这个问题。

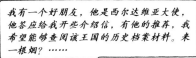

我有一个好朋友，他是西尔达维亚大使，他答应给我开些介绍信，有他的推荐，我希望能够查阅该王国的历史档案材料。来一根烟？……

不，谢谢……那你什么时候动身呢？……

我还要找一位秘书。这个秘书要能处理这次旅行的一切具体事务，如安排日程、订旅馆、办理护照、照料行李等等……

我看你对印章学也开始感兴趣了，你能不能把你的姓名和地址告诉我？我可以叫人给你寄去我写的小册子《怎样才能成为印章学家》。

你太客气了。

他要走了……快去！设法在楼梯上碰上他……

他来了！……注意！

在这样的地方对表，真怪……

拍下来了……这个藏在表里的微型照相机实在太棒了……

给我……

我们马上把照片冲洗出来……

!?

拍得好吗？

糟了！我把书忘在哈朗毕克教授家里了！……

嗯！总之，我们还是知道了他的名字叫丁丁……

2层

丁丁！……丁丁！……你知道，光知道名字是不够的！……我们需要的是他的照片！……

再说，我在这里等得腻味了！……我走了！……如果有人找，就说我在"克洛"！……再见！

再见！

24

我觉得这一切太神秘了……跟着他……

克洛

西尔达维亚餐厅

哦！……"西尔达维亚餐厅"……越来越离奇了……

我们进去吧！

克洛

哦？……他到哪儿去了？……

噢，来顾客了！……

④

呃……我……想吃点儿东西……

先生，请坐吧！……

先生，想吃点儿什么？……

呃……给我……呃……来一盘"司兹拉斯切克"配香菇和一杯汽酒

我想先洗个手……

洗手间在走廊尽头……

……至于哈朗毕克教授，还要等一两天，等到他拿到了使馆的材料以后再说……

阿嚏！

在走廊那头，先生……

对不起，我刚才听错了……

他是不是发现了我在门后偷听？

……有个年轻人在门旁窃听！头上有一撮怪怪的头发，一只狗跟着他……

我敢打赌1000克尔，他就是斯波罗维茨要用相机拍下来的那个小伙子！……

唉，米卢哪儿去了？

叮 叮 叮

请结账……

就来，先生……

？

· 克洛 ·

西尔达维亚餐厅
松鼠街38号
业主：克罗依斯奕维奇

"司兹拉斯切克"配香肠   7.50

泛酒一杯   2.50
              10.—

服务费 10%   1.—

多管闲事，麻烦惹身
(西尔达维亚谚语)

这句话是什么意思？

哪句话？……啊！先生，你不知道西尔达维亚这个古老习俗？在我们国家的餐厅里，账单上都印有一句谚语或格言……

哦，是这样吗？……

是的，先生……很好的习俗，不是吗？谢谢你，钱数正好。先生，你还吃得满意吧？

非常满意，谢谢。你们的"司兹拉斯切克"味道很好。是怎么烹调的？

噢！先生，这可是本店的拿手菜。小狗后腿浇拌西尔达维亚蕃汁……

米卢！……

米卢！……
米卢！……

？

啊！你来了！你躲到哪儿去了？……

欢迎再来……

哈！哈！哈！我看他不会很快再来啦！……

厨房

我的天哪!

奇怪!……一切都那么奇怪……

呃

呃

片刻以后……

西尔……西普……找到了!……西尔达维亚,巴尔干半岛上的一个国家,曾在11世纪被博尔多利亚人征服过

零~零~零
丁丁丁

喂?……是,是我……是的,我就是……我……你是谁?什么?……等一会儿才告诉我?……我能否接见你?关于什么事?哦?……好的……好的……8点半来?……那好的,我等你再见,先生

一个操着外国口音的人,说有要紧事跟我说……

呃

1275年,西尔达维亚人民起义,反抗博尔多利亚人的统治。1277年,抵抗力量的核心人物阿尔马祖男爵被拥戴为国王,号称奥托卡一世,但不要与12世纪波西米亚大公爵和国王奥托卡一世(普热美斯)混为一谈……

呃

8点半了,我那位神秘的客人快来了……

丁丁
丁零

呃

?

你迎接客人的方式可真奇怪！······这是怎么回事？······

?

来帮我把他抬到沙发上，好吗？

他······他死了？

到底出了什么事呀？······

他还活着，心脏还在跳动······

什么事？······跟你们说吧，是这样的：大概一小时以前，这个人给我打电话，要求我见他一面，我同意了。8点半，有人按门铃，我把门打开，这个可怜的人还没来得及说出一个字就倒在我脚下了······

嗯！

你说他没有说出一个字？······那么你怎么能够断定，他就是给你打电话的人呢？······

我也不敢肯定，但一切迹象表明······

这扭打的痕迹又该怎么解释呢？······

扭打的痕迹，没错！······我可真的跟这扇窗户干上了，我怎么使劲也打不开它！······你总不会认为是我把这个人打昏的吧？

我没有这样说，不过······

对不起，诸位先生······

请问，我在这里干吗呀？······

先生，好像应该是由我来问你这个问题？······

你能不能先告诉我袭击你的人的相貌特征？······

袭击我的人？······什么袭击我的人？······

朋友，我奉劝你不要跟我们开玩笑了！······先说说你叫什么名字？

我······等等······太奇怪了······我······真的，想不起来了！

没有人……街上冷清清的……

啊！这块石头上拴了一张小纸条……

最后警告，少管闲事……

"最后警告"，意思是说"我们早就警告过你了"……在什么时候呢？对呀，在"克洛"餐厅，我是被警告过了！这里面肯定涉及到西尔达维亚人……有了！……要是我答应教授成为他的秘书，并且陪他到西尔达维亚去，这个主意怎么样？……

第二天……
今天上午去了哈朗毕克教授家，同意以秘书的身份陪同他到西尔达维亚！……此时此刻，他应该正在办理护照。如果他和教授一块儿走，我们的计划肯定要泡汤。既然如此，这事就交给我办吧。我保证，丁丁不会走成的！

几小时以后……
丁丁先生？……他出去了。

孩子，这是什么？

太太，这是给丁丁先生的一个包裹。

把它交给我。我们在丁丁家里等他，我们会亲自交给他的……

可是

没有什么"可是"，我们是警察！

你看，这个包裹还附带一封信……我们是不是打开看看？

"如果你想得到有关昨天发生的事情的解释，你将从这个包裹里得到答案。一位朋友。"

太好了！……我们手气真好！……我们将会得到很有价值的情况……

有两个人在你家里等你。他们说是警察局的人……

好的！……

我倒想知道他们要找我说些什么……

⁉

爆炸了！……

你们都干了些什么？……发生了什么事？……

呃……有个给你的包裹……

……还有一封信……在这里，你看吧……我们打开了包裹，只听见"咻"的一声，我们急忙把它抛得远远的。要不，它早就在我们手里爆炸了！……

我们走近点儿，混在围观的人群当中……

是个炸弹装置！……这些恶棍！……他们想杀死我！

!?

快！下楼去！……那些下毒手的家伙，他们在那儿！……

快呀！

就是他们！……

他！……

就他一个人！……我们可逮着机会了！……让他慢慢向我们靠过来……

我快追上他了！……

加油！他们跑不掉了！……

现在来个急刹车……嘿！
!?

我想，这回我们把他彻底摆脱掉了……

米卢呢? ……还有那两位
呢? ……他们怎么啦? ……

天哪, 好像是……不错, 是他们! ……
他们是从哪儿钻出来的呀? ……

你启动得太突然了, 我们没有能够跟你走。只
好征用了这辆车子。还要继续追
吗? ……

追也没用。他们
已经跑远了……

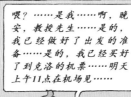

我向你告别了。我得赶紧准
备行李。明天我就要乘飞机到
西尔达维亚去。

丁零
丁零
丁零
丁零

喂? ……是我……啊, 晚
安, 教授先生……是的,
我已经做好了出发的准
备……是的, 我已经买好
了到克洛的机票……明天
上午11点在机场见……

我们途经布拉格, 是的……
那好, 明天见! 什么, 教
授先生? ……是的
晚安……我……喂?
喂? ……喂?

哦哦……来人呀!
……救命!
啊啊!

教授有危险! ……
快! 快去! 一分钟也
不能耽搁!

但愿我来得不太晚！……

啊！是你呀，亲爱的朋友？你来帮助我收拾行李？……

我……对不起，可我……我一点儿也不明白！……我好像从电话里听见你在叫喊呼救……于是我赶紧跑来了！

我叫喊？……我不知道你在说什么！……

真是不可思议！……我并没有做梦呀！……我的确听到了求救的声音……

第二天早上……

谢谢你们赶来送行。

这是应该的嘛……

确切地说，这……这是应该的……

教授先生，请允许我向你介绍司法警察杜邦和杜庞先生……这位是印章学家哈朗毕克教授……

很高兴认识你们

我很荣幸……

啊！你们戴上新帽子啦？……

是的，很漂亮，不是吗？……真便宜……地道的英国毡帽，超轻型的，39法郎95分一顶。

到布拉格去的旅客，请上飞机……

那么再见了，一路平安！……

祝你在西尔达维亚一切顺利！……

谢谢！

增压！……加油！……起飞！……

⑯

你来看看，多好看呀，草原上的羊群……

你看见了吗，在那边？……

噢！看到了……从上面看显得很小，看不太清楚……

？

奇怪……

飞机要降落了？……

是的，到法兰克福了……要停留几分钟……

哈朗毕克先生吗？……有您一封电报……

哦！哦！
......

太好了！......西尔达维亚政府派一架专机来接我们。你自己看看......

"致法兰克福机场OO-AGE 487 航班上的哈朗毕克教授：一架专机将在布拉格等候你们，把你们送到克洛。顺致敬意。" 署名是航空部长斯兹罗奇茨......

糖果......巧克力......三明治......香烟......

噢！我想有人在叫我们......

？

到布拉格去的旅客，请上飞机，回到你们的座位上......

OO·AGE

这的确太奇怪了......

唉！别多想了，还是看一看这本小册子吧......

西尔达维亚

黑鹈鹕王国

西尔达维亚

黑 鹈 鹕 王 国

在众多旖旎风光和具有独特民风民俗的风景名胜中，有个鲜为世人所知的小国家。对外国游客来说，它的魅力却远胜过其他地方。但由于交通不便，它迄今尚处于与世隔绝的状态。现在只有一条定期航线，运载外国游客来欣赏它的山野美景，体验当地居民令人赞叹的好客传统，领略现代化发展过程中尚存的中古时代的奇风异俗。

这个国家就是西尔达维亚。

西尔达维亚是个东欧小国，由两条大河谷组成：瓦拉第尔河谷和它的支流莫尔多斯河谷。两河在首都克洛（人口112.2万）交汇。

河谷沿岸的高原上，森林密布，终年积雪的高山环绕其间。西尔达维亚平原盛产小麦，到处是肥沃的天然牧场。地下蕴藏着丰富的矿物资源。

多处含有硫化物的温泉从地下喷涌而出，主要集中在克洛（泉水可治疗心脏病）和克拉戈尼丹（泉水可治疗关节风湿病）。

西尔达维亚人口约为64.2万人。

西尔达维亚主要出口小麦、克洛产矿泉水、取暖木材、马匹和小提琴手。

西尔达维亚的历史

一直到公元6世纪，西尔达维亚土地上居住着来源不明的游牧部落。6世纪，它被斯拉夫人入侵，10世纪被土耳其人所征服。他们把斯拉夫人赶进山里，占据了平原地带。

1127年，斯拉夫人一个部族首领弗吉，率领一支志愿者部队下山，占据了一些分散的土耳其村庄，杀死了那些敢于反抗的人。他很快地占领了西尔达维亚的大部分领土。

在西尔达维亚土耳其人的首府齐勒埃罗姆附近的莫尔多斯平原上，土耳其军队和弗吉率领的部队之间展开了一场激烈的战斗。

长期疏于作战的土耳其军队、士气低落，加上指挥无能，无法坚持长期抵抗，终于溃不成军，落荒而逃。

土耳其人被赶走之后，弗吉被拥戴为王，号称穆斯卡，"穆斯"意为"英勇"，"卡"意为"王"，故称"英勇的国王"。

首都齐勒埃罗姆后改称克洛，"克"意为"征服"，"洛"意为"城市"，故称"光复的城市"。

克洛王家珍宝馆的卫兵

德布努克一带（西尔达维亚南部海岸）典型的渔民

←赶集的西尔达维亚农妇

瓦拉第尔河谷地区聂兹德罗一景 →

齐勒埃罗姆战役
根据15世纪一幅细密画绘制

当今西尔达维亚国王，身着卫队军
官制服的穆斯卡十二世国王陛下

穆斯卡是位贤明的国王，与邻邦和睦相处，国家繁荣昌盛。他于1168年驾崩时，百姓无不伤心哭泣。

他的长子继位，号称穆斯卡二世。

与父王相比，他比较软弱，缺乏足够的权威来维持国内的稳定秩序，很快，混乱代替了繁荣。

西尔达维亚的邻国博尔多利亚的国王利用这种局面，出兵侵入西尔达维亚，并于1195年将该国并入其版图。

将近一个世纪的时间内，西尔达维亚人在博尔多利亚人的统治下痛苦呻吟。

1275年，阿尔马祖男爵重振弗吉的雄风，从山上猛冲下来，在不到半年的时间内，把博尔多利亚人驱逐了出去。

他于1277年被宣布为王，号称奥托卡。但其政权没有穆斯卡的政权那样强大。

他不得不仿效英国国王约翰（号称无地王）制定的大宪章，赋予帮助他反抗博尔多利亚人的贵族们以宪章规定的各项权利。这标志着西尔达维亚封建时代的开始。

但不要把西尔达维亚的奥托卡一世与12世纪同称为奥托卡（普热美斯家族）的波西米亚大公爵与国王混为一谈。

奥托卡死于1298年。其继承者奥托卡二世和奥托卡三世的统治平淡无奇。

这段时期的特点是贵族的势力大为加强，他们加固古堡的防御能力，武装外国雇佣军，其势力足以打败王家部队。

不过，西尔达维亚王国真正的缔造者是1360年登基的奥托卡四世。

他登上王位之后，立即进行一系列重大改革。他建立了一支强大的军队，镇压了过分骄横跋扈的贵族，并没收了他们的财产。

他保护文学和艺术创作，促进商业和农业的发展。

总之，他统一了全国，消除了内忧外患，使国家重新繁荣起来。

是他说出了这句名言："艾 本内克 艾 布拉威克"。这句话后来成了西尔达维亚的格言。

这句名言的来历如下：

有一天，斯达兹维克茨男爵（他曾被国王奥托卡四世镇压过，并将其私人领地划归王国所有的一位贵族的儿子）出现在国王面前，蛮横地要求国王把西尔达维亚的王位让给他。

国王听他说完，一言不发。但当傲慢的男爵结束讲话，逼迫他把权杖交出来的时候，国王站了起来，以蔑视的口吻回答说："你过来拿吧！"

气急败坏的年轻男爵拔出了佩剑，没等侍从们加以阻止，就冲到了国王跟前。

国王往旁边一跳，避开了他。男爵冲劲过猛，从国王跟前闪过。国王趁势举起权杖朝他的头部猛然一击，把他打翻在自己脚下，并且用西尔达维亚语大声喊道："艾 本内克 艾 布拉威克。"大意是说"谁惹它，谁遭殃"，接着他转身对在场惊呆了的众人说："窥视权位者，必将遗臭万年！"

接着，他对着权杖沉思良久，对它说道："权杖啊！你救了我的命。从今以后，你就是西尔达维亚王国最高权威的象征。哪位国王要是把你丢失，就要遭到厄运。因为，我郑重声明，他已经不配统治这个国家。"

从此以后，每一年在圣瓦拉第米尔节这一天，奥托卡四世的继承者都要举行隆重的仪式，在城里环行一周。

他们手里要拿着这个具有历史意义的权杖，因为没有了权杖意味着他们将失去统治的权力。而老百姓在他们经过的时候，都会齐声高唱这首著名的赞歌：

西尔达维亚，欢呼吧！
这位国王，是我们的国王！
他的权杖就是明证！

右图：奥托卡四世的权杖

下图：版画，选自14世纪的手抄本《奥托卡四世的丰功伟绩》

很好！这些介绍都很有意思，可是……

我现在得留心一点儿……这个人摘下眼镜，居然还可以从高空清楚地看到地面的羊群，对于一个近视眼的人来说，他的视力也太好了……还有，从我发现他在准备行李的那天晚上起，还没有见他抽过一支烟……

要么我想错了，要么我跟一个冒名替代的家伙一块儿旅行！……如果是这样，一切都可以得到解释了！……我在电话里听见的求救声是哈朗毕克教授本人发出来的，有人把他绑架了，然后让这个人来冒充他……

一定要揭穿他……到了布拉格，我要扯下他的假胡子，并且叫人把他抓起来！……

布拉格？……到了？

是的，飞机开始降落了……

这是个机会……

哟！

哎呀！

？

我……我很抱歉……我下飞机时踩空了……请你原谅

这……这没什么！……

哈朗毕克教授，专机在等着您呢

不是假胡子！

是的，但眼镜的事又该怎样解释呢？……总之，这说明不了什么问题。有很多人看远处比看近处更清楚……香烟嘛，也许他已经戒掉了……

米卢,要知道,在恶劣的天气条件下,飞机晃得很厉害,一定要系上安全带,像我这样……

下面就是边境,我们到了西尔达维亚的上空……

多么美丽的国家……

很美丽,不是吗?……我将给你机会就近欣赏欣赏这里的美景……

好了!……祝你旅途愉快!

真恐怖!

降落伞,快!……

来不及把它系在身上了!……

当心它张开时的冲击力!……

你看！

汪汪！

是一只狗！

太好了！……
米卢成功地掉在
了降落伞上……
它得救了！

我……飞机……呜呜……摔下来……嘭！……麦秸堆上……

他肯定不是个流浪汉，我们最好把他送到宪兵队，你说呢？

我的好米卢！

汪！汪！

现在，我们到宪兵队去！

跟你们到宪兵队？……那太好了！……我正好趁这个机会去报案！……

宪兵队

长官，我要告诉你的事极其重要……我可以跟你单独谈吗？……

呃……好的……你们都退下去吧

我想先提一个问题。我看了一份介绍西尔达维亚的小册子，里面说，如果你们的国王一旦把权杖弄丢了，他将不得不退位。这是真的吗？……

的确如此……可你问这个，到底是什么意思？

是这样，我深信目前有人正在策划反对穆斯卡十二世国王陛下的一个阴谋，有一些人企图夺走他的权杖！……

你说些什么呀？……是什么让你产生这样的想法？

我会给你解释的⋯⋯不过，首先，你能肯定，没有人会偷听我们的谈话吗？⋯⋯

绝对没有人。你说吧⋯⋯

喂，事情看来很严重⋯⋯他们交谈已经快一个小时了⋯⋯

你为我们的国家办了件天大的好事，我对你表示感谢。我马上给克洛发电报，叫人把哈朗华克教授抓起来。至于你呢，我想没有必要提醒你严守这个机密，是吧？

请你放心！⋯⋯现在，我想继续赶路。有没有办法租一辆汽车？

这村子里没有汽车。不过，明天在克洛有个集市，你可以跟一个赶集的农民一起走，他今天就动身。只是你明天上午才能到克洛⋯⋯

那也没有办法！我别无选择。我可以跟这个农民一起走。

喂？⋯⋯这里是克洛3324号⋯⋯是中央委员会⋯⋯我是特罗维克⋯⋯你是威斯基塞克？⋯⋯什么？⋯⋯丁丁？⋯⋯这不可能，飞机驾驶员刚告诉我⋯⋯掉在麦秸垛上？一定要阻止他到克洛来！⋯⋯想想办法，随你怎么做都可以！⋯⋯对，就这样，你打电话给西罗夫⋯⋯

喂？⋯⋯我是西罗夫⋯⋯你好，威斯基塞克⋯⋯一个小伙子⋯⋯前往克洛⋯⋯乘一辆农民的马车⋯⋯好的，我们在森林里截住他⋯⋯我们马上去⋯⋯再见！

注意！⋯⋯他们来了！⋯⋯

举起手来！⋯⋯

？

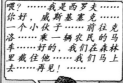

你要送到克洛去的那个年轻外国人在哪儿？……

年……年轻外……外国人……

好了，好了！……我们知道他跟你在一起！……兹洛普，搜查马车！

外……外国人跟……

我……在……一起？……

你这样结巴地说话，是不是心虚了？

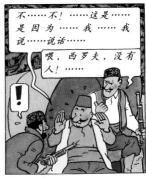

不……不！……这是……是因为……我……我说……说话……

喂，西罗夫，没有人！

!

见鬼！他会在哪儿呢？……你到底说还是不说？……

我……给……但……打……我是……他在花……花……

正你但断的是下……给……你……我样了……释这车花……花

哇！……你哇啦什么？……你以为你在打电话呀？

在……花……花冠客栈……下车……

你干吗不早一点儿说呀？……

安静！我听见有辆车来了！……

他……他……就……就……在……

不许乱说乱动……别忘了，我们的枪口可对着你呢！……

你们听……听我……我要……

车子开过去了……我们下去吧……

我……我……本来……要……告……告诉你……你们……那个……年轻……外国人……

真该死！他在哪儿？……

就在……在刚……刚开过去的……那……那辆……汽车车里！

! !

是的，我今晚要在克洛演艺大厅演唱……你愿意我现在唱一段给你听吗？

好极了

啊！♪♫我开怀大笑♪看到镜中的我♪多么美丽！……♪♪

是你吗♪♫玛格丽塔？♪♫

幸亏车窗玻璃很坚固！……

安全玻璃

我是威斯基塞克……是西罗夫？……怎么样了？……什么？……这不是你的错？……难道是我的错？……如果那个家伙说话不结巴……如果老是"如果"，那什么事都办不成了！……我马上给基利普的宪兵队长打电话……是的，他是我们的人……他会在路上把他抓住的……

怎么样，你喜欢听吗？……

很……很喜欢，真的！……

既然你喜欢，为了让你高兴，我再给你唱点儿别的！……

!!

基利普

跟你们同车的那个小伙子呢？……

他半路下车了。他把一些东西忘在花冠客栈，他回到那里去了……

我只是随便找个借口，为了躲开地……

与此同时，在克洛……

这么说，你想进入珍宝馆去查阅王国的历史档案？……不瞒你说，这种恩惠是很少给予一个外国人的。不过，既然大使为你担保，我想国王陛下会恩准你的请求的……

第二天……

这是国王亲自签署的通行证，凭它你可以进入珍宝馆。克罗米尔中尉会陪同你一起去……

珍宝都保存在克罗波城堡的方形塔里。由一支专门的卫队看守……

陛下的谕令！

教授先生，请跟我来。

看来珍宝受到严密的保护！……

哦，是的……你放心，有本事偷走珍宝的人还没有出生呢。

教授先生，这就是陛下的珍宝！

这里是档案馆，与珍宝馆相通。请你原谅，你在馆内停留的这段时间，有两个卫兵陪伴着你。另外，门也要从外面锁上。这是按章办事，希望你不要介意……

没有关系……

与此同时……

你们把这小伙子送到克洛去，不过，要特别当心！……这是个危险的家伙，他盗窃了国家机密……根据我从上面得到的暗示，最好让他永远……到不了克洛……

这就是交给你们的任务……你呢，负责开车，想法儿让车子出点儿故障……当你假装检查发动机的时候，其他的人将围过来看，这时，这家伙会企图逃跑，然后……你们明白了吗？……

是的，长官！……可是，要是他不想逃跑呢？……

别担心，我肯定，他会的！

不知道是谁送来了这张字条？……一位朋友？……什么朋友？……

当心！
你将被押送到克洛，拉去枪毙。一定要设法逃走。你在路上要装着睡觉。司机是个朋友，他会假装汽车出故障，召唤其他的宪兵过去看。你就选择这个时机赶紧逃走……
一位朋友

把这个字条销毁掉，既然他们提醒我要当心……

米卢，帮帮忙，把这个小纸团吞下去……

快，米卢，我想有人来找我们了……

你认为吞下这玩意儿很容易？……

喂，你怎么停车了？……

车子抛锚了……

我们下去看一下，好吗？……哦！没有危险，他睡得很死……

注意啦，他动了！……他要下车了……准备好……

原来是个圈套！……我完了！……

他逃跑了！……别放过他！……

只有一个办法，往下跳！……嘿！

砰
砰
砰

唑唑

砰

唑唑
咔嚓

没用，别再开枪了！……他消失在岩石后面……他准会摔得头破血流……我们去找找他……

他是从这边摔下去的，在这堆岩石后面……

啊！他们追来了！……

注意！就在这里……

见鬼！他在哪儿？……无论如何都要找到他……要是真的让他跑了，长官饶不了我们！他可是绞尽脑汁想出了这个办法，让这家伙上钩……

再好儿好儿找一找，他不会跑远的……

哦哟！……他们总算走了……

现在，动身到克洛去！

我一定要特别谨慎小心！……我所看到的和听到的，都向我证明了一点：谁也不能相信！我应该禀告国王本人才行！

与此同时，在克洛……

我不知道这样做是否允许，我很想拍摄一些文件资料……

原则上是禁止的。也许国王陛下会恩准你的请求……

啊！我们走上大路了……

哎！我饿坏了！……

陛下批准你拍摄文件。不过，只能由宫廷专职摄影师扎利兹先生来拍。这是允许他跟随你进入城堡的谕旨……

我们到克洛了……

应该可以吃点儿东西了吧？……

请问，到王宫怎么走？……

沿着这条路一直走到奥托卡广场，然后往左拐……

高压电危险

下大雨了！……我们先躲一躲，等雨停了……

我们去吃饭吗？……

33

啊！……雨小点儿了……

走吧，米卢！我们快去告诉国王，说他处境很危险……

哦，米卢呢？……它在哪儿呢？……

米卢！……米卢！……米卢！……

你看，丁丁，在这个国家里有这样了不起的骨头！……

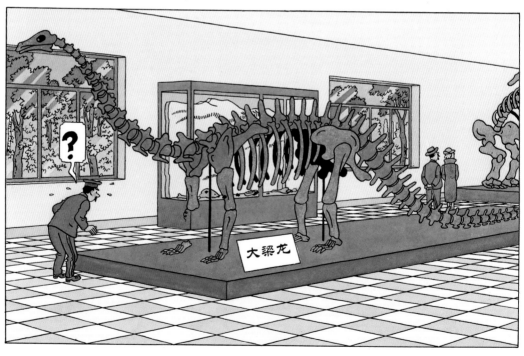

大梁龙

马上把这根骨头送回原地去！……听懂了没有？……快去呀！……

啊！到王宫了！

国王可以接见我吗？……我有一件极其重要、万分火急的事要禀告陛下……

请稍等片刻，我去看看国王陛下的副官能否接见你。请问尊姓大名？……

我叫丁丁。

丁丁先生？……有关一件特别严重的事？……好吧，带他进来……

……当然啦，夫人……好的……今晚8点半……国王陛下一定会很高兴……请接受我的敬意，夫人……

与此同时……

扎利兹先生，就这样说定了，好吗？……明天上午9点左右我来找你，我们一起到克罗波城堡去……

好的，教授先生。

你想觐见国王陛下……我可以知道为什么吗？……

呃……我……我请你原谅，可是……这件事非常机密，而且……

先生，我是陛下的副官！……我敢说，国王对我是绝对信任的！……

上校，这一点我毫不怀疑！……鉴于我要票报的事至关重要，我只能告诉国王陛下一个人……

好吧，我也不勉强你……请你在今晚8点半再来好吗？……我会想办法让国王陛下同意在宫里举行节庆活动之前接见你片刻……

多谢了……

米卢，我们现在去吃晚饭吧……

喂？……这里是中央委员会！……你是波利斯？……你好！……有什么消息吗？……丁丁？你肯定吗？可基利普宪兵队告诉我说……他说有严重的情况？……他没有详细说明吗？……

好吧！……啊，什么！……他今晚8点半还要去？……很好，我们还有时间……你听我说，无论如何都不能让他跟国王说话……当然！……我们打算这么办……你听着……

当天晚上……

国王同意接见你片刻。请你跟侍卫队长走……他会带你到庆典大厅，陛下将在那里接见你……

很好……

列出声……他们来了！

汪！汪！

？

这只该死的狗向主人发出了警告！……快冲上去！……

有埋伏！……

小子，你被捕了。反抗也没用！

！

叛徒!

嘣

谢谢，米卢!
……

四个家伙全被打昏了，
太好了! ……现在，想
办法去见国王……

他应该是在
这里……

?

第二天早上……

又白白浪费了时间！……我深信那些阴谋分子却在抓紧时间采取行动……

叮当
叮当
叮当

你将被押送到国家监狱，等候接受审判。请跟我们走。囚车就等在外面……

圣医车翻数里米有……第米这……是尔有受伤街了车喂瓦院祸车人大知救发拉？？？！马上出？？爱河道护

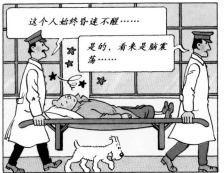

这个人始终昏迷不醒……

是的，看来是脑震荡……

我们去找其他伤员吧……

短暂的脑震荡！！……快走吧，米卢！……要不就来不及了……

太好了！……这一招成了！……现在我们回到宫里去！……

无论如何我一定要见到国王……

这回谁也不能阻挡我跟国王说话！……

我想，你没有受伤吧？……

没有……谢谢，我没事……天哪！是国王！！！

当心，陛下！……他就是那个年轻的无政府主义者，他曾企图……

？

别开枪，陛下！……请听我说！……我不是无政府主义者！……我只是想提醒您……陛下，此时此刻，可能有些卑鄙的家伙正在谋划偷走您的权杖！

你说些什么呀？……

我说的是真的，陛下！……我敢确定，那个来西尔达维亚进行所谓的王家历史档案研究的哈朗毕克教授是个冒牌货。他和他的同伙的目的，是要夺走奥托卡王的权杖，好逼迫您退位！

真有这种事？……

与此同时……

这个人是他们的同党，陛下！……正因为这样，他才又一次企图阻止我跟您说话！……

同伙，他？

陛下，这不是真的！

他在说谎，陛下，我要……

你立刻给我回到宫里，在那里等候我的命令！……我和这个年轻人到克罗波城堡去，来证实他说的话是不是真的……

我们得快一点儿，陛下……一分钟也不能耽误……

好了……我们能不能到珍宝馆去拍摄那里的王冠和权杖？……

可以……

这里光线不太理想，应该使用镁光灯才行……

我们快到了……前面就是克罗波城堡的塔楼。权杖就陈列在中央方形塔里面……啊！但愿我们不会来得太晚！……

国王来了！……

看来一切正常……我们来得是时候！……

但愿是这样，陛下……

哈朗华克教授在哪里？

在珍宝馆，陛下，跟侍卫长和扎利兹先生在一起……

开门！……开门！我是国王！……

没人答应！……快，快去找其他的钥匙！……

难道真的会……

但愿不会，陛下……啊！卫兵拿钥匙来了……

第二天早上……

这么说，元帅，权杖还没有找回来？……

还没有，陛下……不过，我请了两位知名的外国侦探来协助破案，他们今天上午就到克洛。我想这会儿也该到了……

出了什么事？……你们去看看……

啊！我知道他们是谁了……

呃……我们是侦探，是来……哦！……我们……我们滑了一跤……

是的……我们滑了一跤……

陛下，我来给您介绍，这两位是资深的大侦探杜邦和杜庞……

先生们，欢迎你们到西尔达维亚来……

陛下，您真好……我想，不，我是想说……

确切地说，就是说……陛下……

谢谢你们应我们的请求这么快就来了，并且同意用你们丰富的经验为王室效劳……这位是你们的同胞TT先生，他可以向你们报告整个事情的经过……

TT！……你也在这里！

是这样的！……有人偷走了国王的权杖！……当陛下和我进到珍宝馆的时候，我们在那里发现侍卫长和他的两个卫兵、摄影师扎利兹，还有你们认识的哈朗毕克教授，个个都昏倒在地上。这五个人到今天上午才醒了过来……

审问过他们了吗？……

是的，可他们的证词都很一致。扎利兹先生想用镁光灯照相，闪光灯一亮，立即升起了一股浓烟，在场的人都觉得喉咙哈得要死，接着一个个都晕倒了……

很好。不过……嗯……你们有没有想到对这些人进行全面搜查？……

当然啦！我们甚至把卫兵的长戟和照相机的支架都拆了下来，看看里面是不是藏有权杖，结果什么也没发现。我们还到处进行侦查，看看有没有秘密通道，也没有！盗贼能够逃走的唯一的大门，一直有两个卫兵把守着，他们没有看见有人出去……

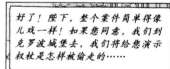

好了！陛下，整个案件简单得像儿戏一样！如果您同意，我们到克罗波城堡去，我们将给您演示权杖是怎样被偷走的……

好吧，我们这就去！……

见鬼！他们两个比我想象的要厉害多了……

请大家多多小心，地面相当滑……

这里就是珍宝馆，权杖原来就陈列在这里……

没错！陛下，正像我们说过的那样，这一切简单得像儿戏一样！

整个事情的经过是这样的：五个人当中有一个是同谋。冒烟时，他和其他的人一样也倒下了。不过，他事先想到用手帕捂住了鼻子。当他确定其他的人都昏迷过去以后，他就爬起来，打开玻璃柜，拿走了权杖，然后打开窗户把权杖扔到院子里。那里有人接应，把它捡起来拿走了。事情就这样成功了！……

各位先生，这是不可能的！……院子里有人把守。除了卫兵，没有其他的人。而且这些卫兵都是无可指责的！……绝对忠诚！他们宁可被打死也不会背叛国王陛下的！

不过，在这一边站岗的卫兵的确听见一扇窗户打开和关闭的声音，但并没发现任何异常现象！……

说得没错！……因为盗贼肯定把权杖扔到城堡的围墙外面去了……那里有个同党把它捡起来后逃走了……

而且，我可以证明给你看……你能给我一件和权杖大小一样的东西吗？……

可以……

可是，你看！从窗户到围墙的距离至少有100米！窗户还有铁栏杆挡住！

这又有什么关系？……扔出时只要瞄准就行了！

这个……你看行吗？……

好极了！

你们看……

你真笨！……我来演示给你看该怎样扔才对！……

看好了！……

你们自己都看到了吧，权杖是不可能以这种方式离开这个房间的！……

是的……也许是的，可是……我们现在想审问一下哈朗毕克教授和扎利兹先生……

陛下！……陛下！……啊！我终于找到您了！

陛下! ……哈朗华克教授和扎利兹先生……太 不可思议了! ……

他们从国家监狱逃走了，陛下……他们在宪兵里头有同谋! ……有四个监狱看守跟逃犯一起失踪了! ……

奥托卡的权杖在上! ……

同谋! ……他们的同谋无处不在! ……唉! 他们的阴谋得逞了，我完了! ……

陛下，把这件事交给我们办吧! ……可能要花一星期，一个月，或者一年的时间，我们一定会把您的权杖找回来的! ……

唉，先生们，三天以后我就需要它! ……如果在圣瓦拉第米尔节这一天，我手里没有权杖，就只好退位了! ……

哥伦布说过："给我三天的时间，我给你一个世界!" ……我们发誓，只要三天，一定把权杖五花大绑给您送回来! ……

谢谢你们两位。唉，但愿你们能够成功! ……

这一次，事情的成败关系到我们的声誉! ……我们已经承诺要找回权杖，一定要言而有信!

确切地说，一定要说到做到! ……

愿圣瓦拉第米尔保佑他们! ……他们会成功的，是吗?

陛下，我衷心希望他们成功……

不管情况如何，如果您允许的话，我自己也会想办法把这件事情搞个水落石出。

谢谢你，我的朋友。无论如何，我永远都不会忘记你为我所做的一切! ……

最关键的是要弄清楚，权杖是怎样被偷出去的……

玩

⁉

对了! ……我明白了! ……

快，回到城堡去！······

我明白了！······请跟我到珍宝馆去！······我要演示给你看！······

给我演示什么？······

权杖是怎么样被偷走的！······快！跟我来！······

别走得那么快！······等等我！······

他进去了？······

是的，侍卫长······

？

哎哟！······

？！

？

？

⑤

啊！你怎么啦？……快说呀！

照相机！……你们看那个照相机！……

弹簧？……

对，这根弹簧弹了出来，正好打在我的脸上。我被打晕过去了！……

这太神奇了！……你是怎样发现的？……

我经过一家玩具店时发现的……我在那里看到了一个玩具弹簧发射炮，这启发了我，我想这个照相机可能经过改装，里头也藏有能够把权杖弹射到城堡围墙外的弹簧装置！……我真的猜对了！……

等一下你就可以看到了……我现在把弹簧放回原位……并在管内插进两位侦探用过的那个物体……

我把照相机放在窗户前面，让这个所谓的权杖分叉的一端伸出到铁栏杆外……

我按下相机快门……嘿！

它掉到河对岸的树林里去了！……我要到那边去看一眼……

你在河边可以找到一只小船……

扎利兹这个笨蛋，如果他像说的那样，瞄准河边这块桦树林的话，我们早就找到权　杖了……

!

看来他们还没有找到权杖！……一分钟也不能等……赶紧回到城堡去，叫人把这片树林包围起来……

?

好哇！……

太好了！找到了！……

!

!

现在，一定要躲开其他的人！……

见鬼！我跑不掉了！……

没错，你跑不了了！

权杖，米卢！……一定要保住权杖！

47

过来，该死的畜生！……快站住，听见了没有？……

到河边了……我跳下去！……看他们怎样把我抓住！……

？

！

砰砰！砰

快逃命吧，哥们儿！……警察来了！……

可怜的朋友！……

权杖呢？……被他们夺回去了！……米卢没有叼住，掉在河边了！……

太晚了！……

你们怎么知道我在这儿？……

我们回到城堡时，他们告诉我说，你已经过河到这边来了……

国王来了……他也得到消息了……我们坐船过来时，他乘车从桥上绕过来了……

发生什么事了？……

权杖刚刚被车上那帮匪徒抢走了！……陛下，如果您同意把车子借给我们的话，我和这两位朋友一定想办法追上他们……

他们离我们不会太远……我们很快可以追上……

我们的汽油快用完了……路上一见到加油站，就停下来加油……

啊！前面有一个加油站……

加20公升！……快！……

离边境还有33公里……还好！……半小时以后，我们就可以离开西尔达维亚了，权杖也就安全了！……

国王的汽车……他们来追赶我们了！……

他们没有料到我们会突然出现！……
仓皇逃进山里了！……

甚至没有来得及上车……

快！……别让他们
跑了！……

他们还在跟踪我们！……

该结束这一切了！……我们跟他们耍个招！……

加油！……我们快追上他们了！……

砰

你们都隐蔽起来！……他们朝我们开枪了！……

砰

哟，杜邦和杜庞躲到哪儿去了？……我看不见他们了……

砰
咔嚓

还是要想办法逮着他们……

跟我来，米卢，千万别暴露自己！……我们从后面迂回过去！……

你这样冒险逞强，总有一天要摔断脖子的！……

搜他的身……啊！有个皮夹子……

?

时间不等人！我们应该尽快赶回克洛……

不会徒步去吧？……

我怎么啦？……

哦！……我知道了！……从昨天到现在，我什么都没吃！……要是能有一点儿东西下肚就好了！

那边有一栋房子……可它是在边境那一边……顾不了那么多了，我实在太饿了！

博尔多利亚的边防哨所！……

槽糕！他醒过来了……我没有退路了！

砰

呜汪
呜汪

这是个危险的西尔达维亚间谍！……一定要找到他！……

小心！他可能躲藏在这间屋子里……

不，他早跑出去了……继续追！……

这是怎么回事？……
呜呜
呜呜

它闻到什么了？……
呜呜
呜呜
呜呜

是胡……阿嚏！……是胡椒粉……阿嚏！阿嚏！……
这个刁滑的小子，他到处撒胡椒粉，让狗嗅不到他的踪迹。

第二天……

我露宿荒野两个晚上了！……要是我还找不到去克洛的路，我就无法及时赶到那里了……

一架博尔多利亚军用飞机！……

它正在放下起落架……它会落在哪儿降落呢？……

要是我能夺过其中一架飞机的话，用不了半个小时，我就到克洛了……

一切都顺利吗？……

是的，只是沿着边境进行侦察飞行而已……

你知道，我有内部消息……明天中午墨索特勒要在电台发出号召……一小时以后，我们的飞行中队将在克洛降落……

?!*!☆◎!

现在，开足马力，直飞克洛！……

天黑了……真烦人……午夜以前是赶不到了……

喂？……部队站里是利亚地对空这达号多边尔3 博境向4 克越忘洛过方……去方法一飞怎向么办？……

中尉，执行我的命令：开炮射击！……

啊！是探照灯……

不得了，四面来的探照灯都对准了我！……但愿……

见鬼！……万炮齐射，目标都对着我！

击中了！……你们看，飞机着火了！……

有个路标杆……我太走运了！……

俄斯托 31.2公里

克洛 24.7公里

25公里，要走5个小时呀！……

没什么了不起！

一个农庄！……还有马厩！……我是不是想办法借到一匹马？……

这个主意太棒了！

啊！这里有匹马！……嘘！安静点儿！……啊，还有马鞍！……嘘！好了，安静一点儿，我……

没法子，我们还是走路吧。你说呢？……

干吗不呢？……走走路对我们有好处……

当天夜里……

陛下，形势非常严峻！……老百姓议论纷纷，说什么权杖已经丢失了，我却向他们隐瞒真相……此外……

……就在昨天……还有一些博尔多利亚人开的商店遭到洗劫。当然，这都是受雇于外国的捣乱分子所干的，但这一切却造成了危险的动荡局面。要是明天陛下出现在公众面前，手中没有权杖，我很担心……

放心吧，我的内务大臣，不会发生流血事件的！……我宣布退位就是了！……

不，陛下。您不会退位的！……

JJ！……

！

？

陛下，我把您的权杖带来了！……

有救了！

就在这里，我……我的上帝！我把它掉在路上了！……

(57)

幸亏我发现权杖从他的口袋里掉了出来！……

！

？？？

有救了！……我有救了！……啊！我太高兴了！……

您只是暂时得救了，陛下，因为我还发现了其他情况……

这是我从被追逐的一个歹徒身上找到的一些文件……

"夺权"！……上面签字的是墨索特勒！他是"铁卫军"乱党的头子！……

一分钟也不能耽误！……立刻下令把墨索特勒和他的同党都抓起来！

遵命，陛下！

将军，原定在明天举行的阅兵仪式取消。明天早上8点，野战部队要在边境一带进入备战状态。同时下令占据所有成为叛乱分子攻击目标的战略要点……

遵命，陛下！……

几小时以后……

喔喔喔

轰

轰

有炮声！……

请进！……

啊！是你们两位！……告诉我，外面开炮是怎么回事呀？……

这个？

这是为了庆祝圣瓦拉弟米尔节放的礼炮……快，换上衣服，要不我们就赶不上参加庆典活动了……

王家四轮华丽马车刚刚驶出了王宫，缓缓行进……国王满面笑容，未戴王冠，手执奥托卡权杖……国王一路上受到群众夹道欢迎，欢呼声不绝于耳……时而被成千上万的民众高唱国歌的声音所打断……

国王回到了王宫……他不得不数次出现在阳台上，接受狂热民众的雀跃欢呼……之后，国王步入了御座大厅，此时正在那里举行庄严的授勋仪式……

女士们，先生们，在我国的历史上，还从来没有给一个外国人颁发过金鹅鹕勋章。然而，今天，我和我的大臣们一致同意，决定把这个最高的荣誉授给丁丁先生，以感谢他对我们国家作出的重大贡献……

我宣布授予你金鹅鹕骑士勋章……

万岁！…… 万岁！……

几天以后……

内务部·大臣办公室

你可能很乐意知道我们调查的结果的了。"铁卫军"以及他们的同党都已经被逮捕了。我们早已知道西尔达维亚秘密革命委员会Z.Z.R.K.，即西尔达维亚中央革命委员会，目的是为了推翻我国的君主制，并把我国沦为博尔多利亚的附属国……

我们还逮捕了你的旅伴，那位冒牌的哈朗毕克教授。我们从他身上搜出了一个笔记本，是这个骗子精心制作的备忘录……

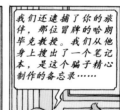

耶戈尔·斯塔沙诺夫大使

老朋友，我们之间以"你"相称，亲密无间。我于1913年在贝尔格莱德举行的印章学大会上与他相识。他为我开了几封到克洛查阁王室历史档案的介……

卡维亚罗维奇

西尔达维亚警察局密探

负责监视西尔达维亚在国外的组织。他伪装成艺术家兼教师为掩护，实际上组织了"铁卫军"为掩护，实际上组织了"铁卫军"……此人危险，应提防。

我认识这个人，就是那家门口拍的这张照片，是口哎呀！……在那个人……

丁丁

记者

他给我送来了我丢失的公文包，我给他看了我收藏的印章，对他谈过西尔达维亚，说我正在找秘书，并答应给他寄去……

太不可思议了！……可是这个笔记本对他有什么用呢？……

为了容易识别出跟真正的哈朗毕克教授有过来往的人……这里还有警察查获的一张照片，它能帮助你解开这个谜底……